太空少年 6
土星大营救

[澳大利亚] 坎迪丝·莱蒙-斯科特 / 著
[澳大利亚] 塞莱斯特·休姆 / 绘
毛颖捷 译

电子工业出版社
Publishing House of Electronics Industry
北京·BEIJING

Jake in Space: Saving Saturn
First Published in Australia 2015 by New Frontier Publishing Pty Ltd
Text copyright © 2015 Candice Lemon-Scott
Illustrations copyright © 2015 New Frontier Publishing
Translation rights arranged through Australian Licensing Corporation
本书中文简体版专有出版权由 New Frontier Publishing Pty Ltd 通过 Australian Licensing Corporation Pty Ltd 授予电子工业出版社，未经许可，不得以任何方式复制或抄袭本书的任何部分。

版权贸易合同登记号 图字：01-2017-6969

图书在版编目（CIP）数据

太空少年．土星大营救 /（澳）坎迪丝・莱蒙-斯科特（Candice Lemon-Scott）著；（澳）塞莱斯特・休姆（Celeste Hulme）绘；毛颖捷译．-- 北京：电子工业出版社，2018.1
书名原文：Jake in Space: Saving Saturn
ISBN 978-7-121-32799-5

Ⅰ．①太… Ⅱ．①坎… ②塞… ③毛… Ⅲ．①儿童小说－科学幻想小说－澳大利亚－现代 Ⅳ．① I611.84

中国版本图书馆 CIP 数据核字（2017）第 238343 号

策划编辑：苏 琪
责任编辑：王树伟
文字编辑：吕姝琪 温 婷
特约策划：毛颖捷
印　　刷：北京天宇星印刷厂
装　　订：北京天宇星印刷厂
出版发行：电子工业出版社
　　　　　北京市海淀区万寿路173信箱　邮编：100036
开　　本：787×1092 1/32 印张：20.75 字数：531.2千字
版　　次：2018年1月第1版
印　　次：2024年8月第19次印刷
定　　价：120.00元（全套6册）

凡所购买电子工业出版社图书有缺损问题，请向购买书店调换。若书店售缺，请与本社发行部联系，联系及邮购电话：（010）88254888，88258888。
质量投诉请发邮件至zlts@phei.com.cn，盗版侵权举报请发邮件至dbqq@phei.com.cn。
本书咨询联系方式：（010）88254164（转1865），dongzy@phei.com.cn。

1

"这儿！好！抓到了！"杰克抓到一个红色太空果汁糖，扔进嘴里，大声嚼着，然后回到自己的座位。他和他的朋友们——天天、米莉、罗里和亨利正在享受着他们在这次神秘飞行中最好的时光。这趟飞行是CIA（中央情报局）对他们的奖励，因为他们成功完成了上一个任务。即使到现在,杰克还是不敢相信他们阻止了一个企图摧毁太阳系所有行星的行动。

他环顾"银河探险者号5000"的客舱。它如此宽敞,杰克和朋友们可以并排坐成一长排。他前面有个屏幕,打开以后,开始播放全息电影。虽然他知道那不是真的,但当看到一辆太空赛车向他飞来,好像要击中他的时候,杰克还是不由自主地闭上了眼睛。

过了一会儿,他关掉了电影,坐了回去。一个盖着闪亮的圆顶盖子的旋转托盘送来了飘浮太空零食。杰克掀起盖子,拿了一块悬浮软泥蛋糕。他咬了一口,浓厚的巧克力酱流进他的喉咙,让他几乎噎住了。罗里嘲笑着杰克,也给自己拿了一块蛋糕,但不小心把巧克力酱喷进了眼睛。

"喔!"米莉尖叫,"我想知道这些按钮是做什么用的。"

她按了一下她椅子旁边的银色按钮。椅子倾斜成了一张床,靠近头部的地方鼓出了一个柔软的枕头。

"哇哦!"杰克说。

"我想知道我们要去哪儿。"天天眯眼看着她屏幕上的银河系地图说道。亨利也安静地看着自己的地图。

杰克对去哪儿这件事毫不在意,这也是一部分乐趣。他甚至都不用导航了。神秘飞行是自动驾驶的,他享受着其中的每一分钟。他不用像考取太空车驾照时那么全神贯注,或者阻止可能摧毁行星的导弹那么竭尽全力。现在他可以肆无忌惮地做白日梦,根本没人会介意。

他按下椅子旁边的一个按钮，椅子开始伸展，比家里的床还软。他闭上眼睛，想象自己飘浮在群星之间，侧滚翻，前滚翻……

有人着急地拍拍他的肩，原来是天天。"太空呼噜打够了吧！快看看你的屏幕。"她说。

杰克又打开屏幕，不过这次他把它设置到投影上了。土星正在他们的前方闪耀，土星环比他之前看到的还要清楚。

"土星！"杰克倒抽了口气。米莉和罗里也打开了他们的屏幕。在火箭杯太空车挑战赛中，他们曾经绕土星飞行过，但他们从来没有从这个角度看过它。

"我们现在该做什么？"杰克问。

"做什么？"天天看着他，然后探身向前，

从亨利的座位托盘上抓过一个罐子。"我觉得你应该首先做做你的头发。"她笑道。那是亨利的零重力发蜡。

"别用太多了。"亨利说。他转身看杰克，眼睛一下睁大了："话虽如此，但你可能的确比平常要用得多点。"

罗里也哈哈大笑起来。哦不，杰克想。真的有那么糟？他摸摸头顶，他的头发没抹发蜡所以如往常一样炸开了。他挖出一小团发蜡，闻了闻。升级之后它闻起来还算比较正常。上一次那味道实在太恶心。他把头发压平，把罐子还给亨利。

"现在好多了。"天天笑着说。

杰克咧嘴一笑，转向他的屏幕。"所以，这就是神秘飞行要带我们来的地方？"

"看起来是这样。"亨利说着，盯着自己的

屏幕。

"土星?"罗里尖声说,"这是个气态星球。我们这车怎么降落啊?周围还有一堆快速飞行的小行星。我们到不了的。"

"好吧,看起来我们正向着它直飞过去。"米莉紧张地说。

杰克再次看自己的屏幕。他们正在靠近那个带环的行星。冰冷的太空尘埃以极快的速度旋转着。

"我们现在是自动驾驶,"天天说,"我们不能精确避开土星环,或者避开小行星。"

"所以,你的建议是什么,'万事通'先生?"罗里对亨利扬起眉毛,好像这全是亨利的错。

"我很肯定我们非常安全。"亨利回答,没有理会罗里的无礼,"我们是在享受一趟神秘

飞行,不是在执行任务。"

杰克大笑,差点被果冻呛到。

这时,车向左倾了一点。如果杰克没有系着安全带,就要直接滑向天天了。太空车向上拉升,在土星环上方移动。

"看到了吗?"亨利一边说着,一边漫不经心地咬住一个果冻,吞了下去。"飞船已经被设定好了程序,现在我可以休息一下了。"

说完,亨利就给自己关掉了电源。

"天才啊,"罗里抱怨道,"我们在努力避开飞行石的撞击,但我们的CIA电子人需要美美地睡一觉。"

"'银河探险者号5000'知道自己在做什么,罗里。"天天说,"而且亨利电量不足的时候可不好玩,记得吗?"

"我知道。"罗里叹息,吸了一个黄色果冻

到嘴里。

　　杰克再次盯着自己的屏幕。他们真的可以去土星吗？他们会在那儿做什么？他知道土星上有人，但是他们都住在一个大太空舰上。如果是那个他曾经见过的灰色空间研究站，他可想不出有什么好玩的。忽然间，神秘飞行看起来也根本没那么令人兴奋了。

2

"**银**河探险者号5000"飞越了土星环,飞过行星顶部。然后它开始下降到土星的另一边,杰克仔细看他的投影屏幕时,惊讶地几乎从座位上弹了起来。

"哇哦!"他说,"你们得看看这个。"

其他人也看着自己的屏幕。米莉兴奋地尖

叫。罗里的表情看起来好像他刚看到了一个太空虫钻火圈。似乎是听到了他们的动静，这时亨利也打开了自己的电源。

他们面前是土星的另一面，停着一艘太空舰。但它不是普通的太空舰，它比星星还闪耀，发出的光芒就像在地球仰望天空时看到的太阳。它的两侧闪烁着宝石，从最深的蓝宝石到最亮的红宝石。舰的表面有一条由闪烁的水晶铺成的狭长跑道。杰克松了一口气，才意识到自己刚才一直是屏着呼吸的。

"我从不知道土星上的人生活在这样的地方！"杰克说。

"是啊，我也想住在那儿。"罗里大笑。

"如梦似幻啊！"米莉喊道。

"这里比金星上的空中酒店还好啊。"天天附和道。

杰克回想起空中酒店里不可思议的食物和游戏，看起来他们在这儿也会遇到很多有趣的事情。外面已经这么吸引人了，里面会是什么样呢？他如此兴奋，过了一会儿才注意到亨利。他正站在控制面板前，疯狂地按着按钮。

"你在做什么，亨利？"杰克问他。

亨利说："我们脱离了自动飞行的航线。"

"他真的不知道怎么找乐趣。"罗里叹气。

"那不是个太空舰，是个海盗船！"亨利喊道，还在按着按钮，"他们给我们重设了自动飞行。"

"你的脑子被太空尘埃塞满了？"杰克大笑，"那怎么会是个海盗船。"

"没错，它是的。我见过照片，就长这样。"亨利说。

"也许那是本古老的故事书,现在根本没有海盗。"罗里嘲笑道。

"CIA搞错了。我们本来要拯救土星的。"亨利说。他打开自己手臂上的面板,掏出工具,试图将它们连接到控制面板上。

"哈!所以我们又是在执行另外一个任务?"杰克说。

"我早该知道的!"罗里不屑地说道,但是天天示意他闭上嘴。

"我觉得你最好坐下来,亨利,"天天温和地说,"看起来我们好像要降落了。"

天天是对的。他们已经碰到了舰顶上的降落跑道。"银河探险者号5000"平稳地滑过玻璃般光滑的表面,然后停住了。紧接着,车子向前倾去。跑道两侧打开了,"探险者号"向下滑进太空舰。

杰克看看亨利。即使降落了,电子人也还在按着按钮。"拜托,亨利,"杰克叹气,"几千年来都没有人见过一个海盗了。"

"反正这不是我的任务!"亨利重复,"我不会走出这辆车的!"

"好吧,我真的烦透任务了,"罗里说,"让我们看看这艘太空舰里面是什么样吧。"

他们解开安全带,杰克打开了舱门。

杰克看了看四周,发现他们着陆在一个巨大的机棚里。这里光彩夺目,墙壁闪着金光,他们对面的大门前铺着珍贵的宝石。

"哇哦!"天天轻声叹道。

罗里的眼睛亮了:"这里只是停车场!"

"我去叫亨利。"杰克说,但是就在这时,机棚的门滑开了。四个人走进棚里——两男两女。他们穿着华美的丝质礼服,分别是深紫色、酒红色、蓝色和翠绿色,头上都戴着珠宝皇冠。他们的拖鞋那么柔软,以至于他们走路时几乎听不到任何声音。杰克不知道他们是不是皇室成员,但是他们外表看起来就是。

"欢迎!"穿着深紫色衣服的女人微笑着说:"我是紫罗兰,土星太空舰的舰长。"

穿着酒红色衣服的女人说:"我是红玉。"她指着身旁两个男人:"这是青蓝和艾绿。"

杰克看到米莉和天天行了个屈膝礼,所以他也低头轻轻鞠了一躬。罗里站着,张大着嘴好像等着接一个飘浮果冻。杰克轻轻推推他,他也笨拙地鞠了个躬。那四人站着盯着他们好像等着他们说什么。杰克皱着眉头,不确定他们期待听到什么。

"请问,你们是……?"紫罗兰问。

"呃……对不起,"杰克结巴道,"我以为你们已经从神秘飞行乘客名单上知道我们的名字了。"

紫罗兰发出一阵铃铛般的笑声:"哦对,当然,但是我们不知道你们谁是谁……"

"神秘飞行?"天天插话。

"是的,当然,神秘飞行。"紫罗兰回答,紧绷着微笑。

杰克介绍了自己和他的朋友们,这之后紫罗兰看起来就放松了很多。

"你们之前听说过我们的太空舰吗?"紫罗兰说。

杰克满怀敬畏,但只能摇摇头。这时脚下的地板上响起一阵急促的脚步声,让他从恍惚中回过神来。声音从他身后传来,他转过身去，只见亨利从车里跳出来，正跑向他们，手中挥舞着一把剑，看起来好像准备战斗了。

"海盗！"亨利一边冲一边尖叫。

四个穿着礼服的人面面相觑，然后大笑起来。他们的笑声轻柔，音调优美。海盗？这些高雅的人怎么可能是海盗！

"亨利！停下！"天天说。

紫罗兰和其他人看起来一点也不担心。他们镇定地站着，看着亨利冲向他们。

但是杰克知道亨利有多强，他真的可以伤到别人。当电子人跑过杰克身边的时候，杰克扑向他，抓住了他的手臂。罗里冲过来帮忙抓住亨利，这时杰克拉开亨利手臂上的皮肤，按下一个按钮。亨利直接被关掉了。

"啊，对不起，"杰克说，努力挤出一个尴尬的微笑，"肯定有什么地方连接错误了。"

"看起来是这样的。"青蓝体贴地表示同意。

"没关系,"紫罗兰说,"我相信他一会儿就能修好。既然你们是这次神秘飞行的客人,我们是否有幸可以带你们四处走走?"

杰克和他的朋友们把亨利留在机棚，跟着太空舰的主人离开了。杰克对关掉亨利感到抱歉，但当他们被带进一个辉煌的金色大厅后，他很快就把亨利抛到了脑后。

"你觉得这会是真金的吗？不会吧？"天天悄悄对杰克说。

"你们在这里见到的所有东西都是真的。"紫罗兰说。

杰克很惊讶她听到了天天说的话。他看向天天,她的脸变得比红玉的礼服还红。

"你们是……你们是皇室成员吗?"米莉轻声问。

紫罗兰发出银铃般的笑声:"哦,不完全是。"

她继续沿着走廊前行,他们都跟着她。杰克环顾着闪闪发光的墙壁。这里的确令人叹为观止,但似乎也有点奇怪。如果整个土星的居民都住在这儿,他们都在哪儿呢?他看不见也听不到任何其他人。他又回想起亨利冲过来大喊紫罗兰和她的朋友们是海盗。但那不可能是真的!

"我们到了。"紫罗兰说着,停在一扇巨大的水晶门前。青蓝走上前去,推开门。

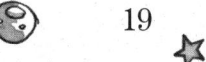

杰克走过门道，所有关于海盗的想法都消失了。房间的陈设完全是他想象中宫廷大厅的样子。一侧放置着一张长桌和一圈高背木质椅子，椅子上装饰着动物雕刻和宝石，铺着柔软的丝绒坐垫。银质高脚杯和刀叉放置在每个座位前。房间的另一侧有闪亮的黑色舞池。杰克走过去。当他往脚下看时，他可以看到他的脸映照在上面。他认出了这个地板——是用黑曜石做的，就是邪恶的瓦莱丽用来建造她金星上的城堡的那种闪耀的岩石。他往上看，天花板上挂着一盏巨大的水晶吊灯，在房间四周折射出彩虹般的光影。

"怎么样？"紫罗兰问。

"这是我见过的最漂亮的地方。"米莉赞叹道。

紫罗兰的笑声回荡在房间里，听起来像同

时敲响了上千个钟。

"你们饿了吧?"红玉问。

"哦,是的。"天天和米莉同时说。

红玉拍拍手,一队穿着干净整洁的仆人托着大号银质盘子进入房间。他们把热气腾腾的盘子放到桌上。

"唔!"罗里呼喊,"这打败了所有的太空零食!"

杰克觉得有点不安——仆人是他只在书上读到过的职业。现在机器人做了过去人类所做的所有服务性工作。他碰上了一个仆人的眼神,但那个人的目光很快移开了。当所有的盘子都摆好了,仆人们又退了出去。

"请坐!"紫罗兰说。

杰克拉开很重的椅子,在长桌旁坐了下来。米莉、天天和罗里也一样。即使有他们四人还有四位主人在,这个大房间看起来还是过分空荡。

"应该让你们独自享受晚餐的。"紫罗兰说。

青蓝把一个小银铃放在桌子中央:"如果你们需要什么,就按铃。"

他们礼貌地退出了房间,四个朋友被留在那里。

罗里、米莉和天天快速地开始给自己的盘子装食物,往银质高脚杯里倒饮料。但是杰克没有食欲。

"杰克?"天天说,她注意到了,"你怎么了?"

"我不知道,"杰克说,"感觉有点不对劲。"

"什么意思?"米莉问,"这是个完美的神秘飞行终点站。你不觉得吗?"

"也许是吧。但是土星上的人都去哪儿了?"他小声说。

"这是艘大船。"天天说。

"当我提到神秘飞行的时候,为什么似乎紫罗兰不知道我在说什么?"

"你的口气听起来就像亨利,"罗里一边抱怨一边狼吞虎咽,"放松,好好享受。我们可以像国王一样生活,就算只有一天。"

杰克耸耸肩,开始往自己的盘子里盛食物。"我在想亨利。"他说。但是也许罗里是对的。太空舰如此之大,也许他们都在其他不同的地方。他决定等紫罗兰回来的时候问问她。

"说到亨利,"天天说,"吃完饭我们最好去唤醒他。"

"哦,对,"米莉嘴里塞满了食物,"可怜的亨利。不过我肯定他会理解的。"

杰克开始对吞下去的那些油腻的甜食感到有点恶心了。他用一大杯清露果汁把它送了下去。当他们放下餐具,柔和的音乐适时地响了起来,好像知道他们吃完了。杰克注意到女孩们的脚已经跟着音乐打节拍了。天天温和地推推他。

"你,想不想跳舞?"她问,指指舞池。

杰克差点喷出最后一口果汁。我?跳舞?他想。不可能!他皱起眉头摇摇头:"不,谢谢。"他礼貌地回答。

"来吧,会很好玩的。"

杰克看向罗里,听到"跳舞"两个字时他已经把头埋进了一块蛋糕里。但奇怪的是,罗里却让米莉拉着他的手,走到黑曜石的地板上。杰克知道,他也不得不参加了。

走上舞池地板的那一刻,杰克觉得很窘。

他真的不知道怎么跳舞。他曾经确保自己逃掉了所有的舞蹈课,而现在他只希望自己可以消失。天天拉起他的一只手,把另一只手搭到他肩上。

"先往前走一步,再走到侧面,然后一起往后退。"她说,"就这样。"

她刚才在说什么?是先向侧面还是先向前?

但是在杰克理清顺序之前,他实际上已经在移动了,而且并没有踩到天天的脚上。他想在跳舞这件事上,也许自己比之前想象中要好。然后他感到脚下有一股气,是从地板下升起来的。空气把他们举了起来。他们在房间里飞了起来!

"这……这还不错。"杰克说。

"只要我火星上的朋友们没人知道就

行。"罗里说。

杰克转身看见罗里在空中翻转,然后背朝下旋转着,像个四脚朝天的太空虫。

似乎没过很久,音乐停了下来,空气不再涌出。杰克的脚回到了锃亮的黑色地板上。罗里仰面摔倒在坚硬的地板上。

"哦!"罗里呻吟着,一边撑起身一边摸自己的背。天天微笑着垂下双手。

"我们在这儿有一会儿了。咱们去找亨利吧。"她说。

"我们是不是应该先告诉紫罗兰?"杰克看着铃铛建议。

"不用,我记得路,"她回答道,"我们可以直接把他带回这儿。"

巨大的水晶门在房间的另一端闪闪发光。杰克走过去,推了一下门,但是门没开。天天、

米莉和罗里跟在他身后。

"怎么了,杰克?"天天问。

杰克觉得清露果汁在他胃里如漩涡般翻涌,一阵恐惧突然攫住了他。

"我们被锁在里面了。"

4

"他们为什么锁上门?"米莉问,看起来心神不安。

"担心我们偷那些梦幻般的珠宝。"罗里看起来不敢肯定。

"也许,"天天说,"看起来我们现在必须按铃叫他们。"

她走向桌子,按下桌上的小银铃。它体积虽小,发出的声音却很大,回荡在房间里。

不一会儿,门开了,紫罗兰出现了,后面跟着红玉、青蓝和艾绿。

"用餐如何?"紫罗兰微笑地问道。

"好极了!"米莉回答。

"很好。"她说,"现在有点晚了,你们今晚住在这儿吗?"

"那不是你们在神秘飞行中安排的吗?"天天问。

"当然,当然。只是,呃,有些人只是来短暂地参观一下。"紫罗兰犹豫地说,"我带你们去今晚的房间。"四人转过身去,杰克和他的朋友们在后面跟着。

"等等!"杰克说。

紫罗兰无声地转过来。杰克觉得自己看到

了她脸上的一抹阴暗,不过下一秒她就恢复了平静的微笑,他觉得肯定是自己出现了幻觉。

"怎么?"她拖长音调缓缓地说。

"呃,是关于我们的朋友亨利,"杰克紧张地说,"我们能不能先去接他?"

紫罗兰举起她的食指,示意他等着。她转向红玉和两个男人。他们把头凑到一起,小声商量着。然后紫罗兰转了回来。

"我们觉得最好的方式是我们代你们照顾他。"紫罗兰说。

"但是……"

紫罗兰举手示意杰克保持安静。"你们肯定累了,需要休息。他是个电子人,对吗?"

杰克点点头。

"我们有足够好的装备可以激活他。"紫罗兰说,"我们的助手会带你们去房间休息,亨

利很快就会加入你们。"

杰克还没来得及抗议,四个人就飘走了。他甚至还没来得及问问船上其他人的情况。经过两个仆人的时候,紫罗兰对其中一人耳语了什么。

两个仆人走到他们跟前,没有说话,而是示意杰克和他的朋友们跟着他们。他们的头还是垂得很低,杰克甚至看不见他们的眼睛。他们走回金色的大厅,但是这次转向了右边中间的路。

杰克和朋友们轻声聊着天。天天取笑杰克刚才音乐结束时跳得太随便了。

"对啊,我没有踩在你脚上,但那只是因为那时候我是浮着的。"杰克说着,不好意思地咧嘴笑。

他抬起头,忽然发现一个仆人正盯着他。

他给了杰克一个意味深长的眼神，好像有重要的事情要说，但在杰克说话之前他又快速地把头低了下去。这次杰克的感觉更强烈了，这个男人想要告诉他什么。他决定晚点等他们独自在一起的时候，问问其他几个人的感觉。

这条长长的走廊似乎没有尽头，几分钟后，他们终于到达了另一扇门前。其中一个仆人推开门。

"这……这是我们的房间？"米莉咽着唾沫问。

仆人点点头。杰克惊奇地四处看。这不只是个房间，更像个宫殿。罗里冲了进去，直接跳到一个巨大的四帷柱的床上。他像海星一样从床上伸出胳膊和腿，大笑起来。

一个仆人清清嗓子："这是女孩们的房

间,隔壁是你们的房间。"

罗里翻下床来,窘迫地说:"哦,对……是的,我知道。"

女孩们大笑起来,向杰克和罗里挥手再见。两个男孩跟着仆人去了另外一间。这间和女孩们的房间一样大,但是装修的色调更深。当罗里兴奋地喊叫时,杰克试图寻找之前和他对视的仆人,但是那个男人却低着头离开了。

杰克和罗里坐在大床尾部,杰克仰面躺了下来。这是他躺过的最软的床垫。他可以直接睡着了。

"你能相信这些吗?"罗里说,"我真希望能一直像这样生活。"

他们开始四周打量这个房间,所有的东西都做得很精致。杰克想主人可能花了几年的时间来建造这里,他的手划过一排珠宝,那珠

宝碰到他的手就发出了美妙的音调,杰克兴致勃勃地作起了曲子。这时传来了敲门声。他还没应门,门就开了。

门口站着亨利,或者至少他觉得那是亨利。他被从头到脚打扮了一番。他穿着金色的礼服,头上戴着小小的青铜王冠。他转了个圈。

"你们觉得怎么样?"他微笑着说。

罗里探向他,盯着他的脸:"你的眉毛打蜡了?"

亨利的微笑消失了。

"别在意。他只是妒忌。"杰克说,"你看起来棒极了。"

"还有!看他们给了我什么。"亨利说。

他打开自己的手臂,他的控制面板和他的皇冠一样熠熠生辉,里面镶嵌着微小的蓝宝

石、红宝石,甚至钻石。

"哇哦!"杰克说,"我猜这意味着你不再觉得这里的主人是海盗了?"

"当然不了,"亨利说,"海盗从别人那儿偷东西,而不是送别人礼物。"

杰克想知道亨利为什么发生了变化。看起来他很轻易就被说服了。于是他也释然了,因为亨利不再觉得他们是海盗,他们就可以继续享受这趟旅行了。

"罗里,"他说,"你注意到那些仆人了吗?"

"你是说,助手?"他说。

"对,就是他们,"杰克回答,"他们中有没有人对你露出担忧的样子?"

罗里皱起眉:"没有,怎么了?"

"没什么——"

"啊,打扰一下,"亨利打断他们的对话。

杰克转身看到他穿戴整齐地躺在床上。

"我们现在必须睡一会儿了，如果你们愿意停止谈话的话，"亨利说，"为了明天，我们需要好好休息。"他把一片丝质眼膜放到脸上，关掉了自己的电源。

"我觉得他说到点子上了。"罗里说着，也躺到了自己的床上。

他的头一碰到枕头就开始打呼噜。杰克也躺了下来，虽然他躺在最柔软的床上，但还是睡不着。也许我只是兴奋过度了，他想。

他辗转反侧，直到终于放弃入睡的努力。妈妈晚上睡不着的时候总是会去走一走。他决定也这样做，看看是不是会好点。

5

这次门没有锁，杰克悄悄地走进了金色的走廊。走廊空荡荡的，闪着耀眼的光，几乎刺伤他的眼。他一边走一边思考如果一直这样生活会是什么感觉，饭来张口，衣来伸手，要什么有什么。他忽然觉得想家了，比上次待在太空驾校补习班还要强烈。舰上有些不像家的东西，也许是它闪耀的墙面，空荡的房间，或者是因为这里没有生活气息。虽然在这里住一晚很有趣，但是他想自己很快就会厌倦它的浮华。

走廊上有好几扇门，看起来和他们房间的一样。他往房间里看去，里面像是集体宿舍，有八张床位。不过，他们看起来朴实无华——完全不如他住的那间奢华。每张床尾都整齐地放着床单和灰色毛毯，但没有任何袋子或物品。

杰克又走过一些关着的门，直到看到一扇门让他停了下来。这扇门非常朴素，没有门把手。相反，它看起来像是个滑门。他把手压上去，摸起来冷冷的，令他惊讶的是，门开了。

进入房间后，杰克倒抽了一口气。他好像走进了一个财宝库。房子里高高地堆着金银珠

宝，还有形状各异的宝石，多得超乎他想象。就像一片彩虹被敲下一块，被扔到了金山上。

他绕着房间走，尽量不碰到任何财宝，他必须背贴着墙才有足够空间。真想知道其他伙伴看到这个场面的反应！杰克想。他们不会相信的，他这辈子都没见过这么多财富。

在财宝堆的一侧，他看到一个闪光的金块斜插在上面。它看起来很大，嵌在一堆银块里。他想抽出那个金块，但是它纹丝不动，他又使了使劲。

终于抽出金块，杰克对它的尺寸叹为观止。这时，一声清脆的叮当声从银堆传出，杰克抬头看去，啊哦，一个银块掉到刚才金块所在的地方，然后另一块掉下来，又一块，随后整个银堆开始倒塌，像多米诺骨牌一样倒下，发出巨大的声响。

意识到紫罗兰和其他人很可能听到了声音,杰克向门口跑去。他快速穿过走廊,在艾绿出现在拐角处的瞬间溜进了房间。

杰克跳上床,拉上毯子,心跳得快极了。好险!

第二天早上,杰克很早就叫醒了他的朋友们,把他们聚到了一起。他坐在床边,向他们描述自己昨晚见到的东西。最后,他们都盯着他,好像他刚告诉他们他其实是外星人。

"你确定你不是在做梦吗?"罗里睡眼惺忪地说。

"有的时候我的梦就跟真的一样。"米莉附和。

"那是最有可能的解释。"亨利也同意。

只有天天看起来认真对待杰克说的事。

"他们为什么要存留那么多宝藏?"她问。

"就是这个问题——我不知道。"杰克沉思道,"亨利,我想你应该了解一些事情。如果他们真的是海盗呢?"

亨利拨弄着他手臂面板上的珠宝,什么也没说。

"杰克说得对。他们很可能是海盗,宝藏也许是偷来的。否则那些贵金属和石头是从哪儿来的?"天天同意杰克说的。

"还有你们有没有注意到这儿的人只有紫罗兰、红玉、艾绿和青蓝?"杰克说,"再加几个仆人。"

"助手。"罗里纠正他。

"而且他们不知道我们要来,或者说不知道我们正在参加神秘飞行。他们真的可能是海盗!"杰克坚称。

杰克期望亨利是第一个行动起来的人。但是相反,他盖上了手臂上的面板,两手叠在膝盖上坐着。

"快点!我们得在他们醒来之前从这儿溜走!"

"不,是我错了。我不认为他们是海盗。"亨利说,摇着他的皇冠,好像他真是国王。

"什么?"杰克问道,他大为疑惑。

"显然这里一切都合乎逻辑。"

杰克不敢相信亨利说的。"但是你是第一个说他们是海盗的。"他提醒亨利。

亨利皱起眉头,推推头上的皇冠。杰克意识到海盗用昂贵的衣服和宝石将亨利收买了。他轻易就被说服了。亨利可以留下,但是杰克决定要走,而其他人都同意逃跑。

"我们现在要走了,亨利,"他宣布,"你可

以跟我们走,或者永远留在这儿当他们的仆人。"

但当杰克拧开门的时候,他发现紫罗兰、红玉、青蓝和艾绿正站在门口。

杰克吞了吞口水。

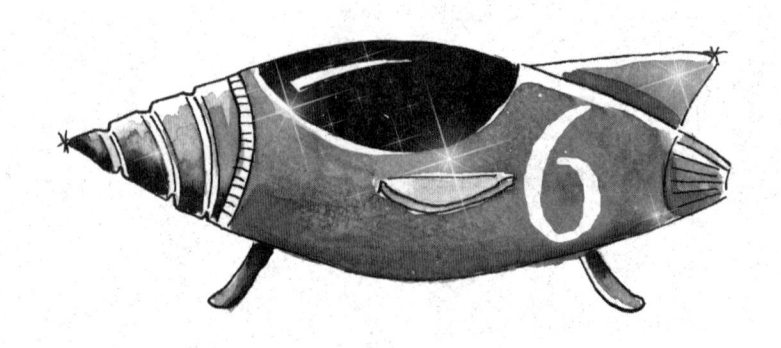

"各位要去什么地方吗?"紫罗兰平静地说,好像已经知道他们要离开了。

"哦,啊,不,"杰克说,"我们只是——"

"兴奋得睡不着了。"天天接上。

杰克喜欢天天敏捷的思维。当事情变得可

怕的时候,她似乎总能化解危机。

"唔,我懂了。"紫罗兰微笑着说,"艾绿觉得他昨晚曾听到有点声音从我们的珍藏室传出来。"

艾绿点点头。杰克看着地板,希望别暴露自己。

"你们也许想知道我们用那些财宝做什么?"紫罗兰继续说。

杰克没有抬头。

"我觉得我们应该早点解释,红玉?"

"我们是宝藏守卫者,"红玉解释道,"我们在太阳系确保人们最珍贵的财富得到安全的保管。"

"你的意思是你们偷别人的东西?"罗里说。

天天、米莉和杰克都瞪着他,他皱起眉

头，意识到自己暴露了他们的想法。

"先来吃早饭怎么样？然后我们带你们进行一场特殊的旅行，看看土星。那样你们就可以亲眼看看我们在做什么了。"紫罗兰甜甜地说。

"我不知道——"杰克说。

"这也是神秘飞行的行程之一，"紫罗兰说，"我相信你们的朋友亨利会告诉你们，我们是非常慷慨的人。"

杰克转向亨利，他正站在他们后面。他微笑着，着迷地点点头。看起来他根本不会帮太多忙。四人只好同意参加。

杰克和朋友们跟着四位"宝藏守卫者"沿着长长的走廊走向餐厅。宝藏守卫者？杰克想，更像宝藏偷盗者。

仆人把丰盛美味的早餐送到他们桌上。紫罗蓝和她的朋友们留他们自己吃。杰克密切地关注着那个看起来想告诉他什么的仆人。这次他一直低垂着头,就像其他人,没有说一个字。他们服务完,就再次消失了。

杰克想不管会发生什么,他都需要能量应对,所以他决定吃一点早餐。他没有计划,只能随机应变。如果紫罗兰和她的伙伴们真的是海盗,肯定不会让他们从这儿飞走的。

杰克拿起一张纸巾,当他打开的时候,一张小纸条掉了出来。确定没有别人发现之后,杰克小心地打开了那张小纸条。上面潦草地写着:

我们被俘虏了。求助!

俘虏?所以他们不是友善和平的人——他们真的是海盗!杰克看向他的朋友们。他们会相信纸条是真的吗？他得找个机会告诉他们，但不能当着亨利的面。

杰克想知道他们该怎么帮忙。如果能回到"银河探险者号5000"上去，他们就可以飞走并警告CIA，但现在看起来不可能。他们昨晚甚至不能逃离餐厅。杰克快速收起那片纸，塞进自己口袋。有一件事是确定的，他们又在执行任务了。

早餐后，海盗们带他们回到走廊，开始他们的"土星之旅"。杰克知道那是个谎言，但是他不知道海盗们还会对他们做什么。他必须告诉天天、米莉和罗里现在的情况，但是怎么做？杰克想知道是不是CIA计划了这次神秘飞行。如果是CIA，CIA是打算送他们到海盗船上来还是只是到土星？他们知不知道土星

太空舰被海盗占领了？亨利应该知道答案，但杰克非常肯定他们现在不能相信他了。从他之前跟海盗说话的方式来看，他很有可能亲自把杰克锁起来。

杰克一边走一边努力想逃跑的办法。但没等他想出来，他们已经再次来到那个金光闪闪的机棚了，在"银河探险者号5000"旁边的是一辆时髦的太空车。如同这艘舰上的其他东西，它也是用贵金属做的。它的前部呈螺旋形，像个钻头，整个车型狭窄而流畅。

杰克真希望他们能冲到"银河探险者号5000"上，立刻离开这儿。但他知道海盗肯定会抓住他们。就算冲上了"探险者号"，他们也不知道怎么改掉自动驾驶模式，甚至不知道怎么打开机棚顶部的活板门。

紫罗兰带着他们来到狭窄的太空车前，他

们都爬了进去。所有东西都闪烁着光芒。如果杰克不是对将要发生的事感到这么害怕,他会非常兴奋的。

　　海盗们忙着准备起飞的时候,杰克悄悄地把纸条传了一遍,以便其他人也有所了解。不过他知道不能让亨利看到。亨利在忙着研究这艘特殊的飞行器,每次他们跟他说话的时候他就说着"哦""啊"。罗里向着亨利歪歪头,对杰克翻了翻眼睛。然后他读了纸条,脸色忽然变得比月球岩石还苍白。他们都大为震动。杰克想知道海盗将带他们去哪里,如果他们成为了海盗的新囚犯,这些海盗会对他们做什么?

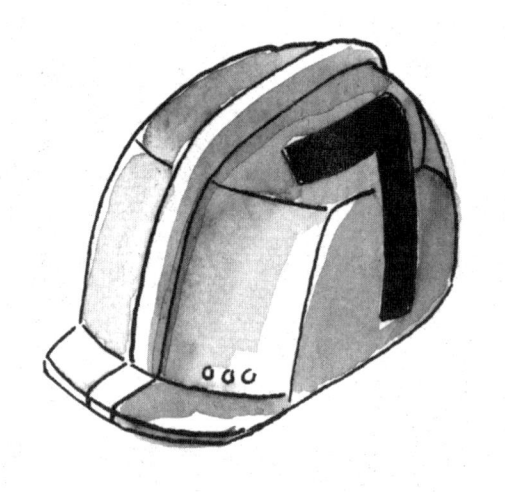

他们飞进太空中，太空舰在视野中越来越渺小，就像太阳系中的一颗星星。车绕着土星前行，杰克不知道他们要去哪儿，直到他看到了驾驶员艾绿前面的投影屏幕上出现了一个东西。那是土星的一颗卫星，他们正朝它直飞而去。

"艾绿,打扰一下,"杰克问,"我们为什么要去卫星?"

紫罗兰转向他们,微笑着。但是现在她的微笑看起来不那么平静和友好了,而更像是魔鬼的诡笑。

"你们确实同意过去看看我们究竟在做什么。"紫罗兰说。

"是的。"杰克含糊地回答。

"我们前往的卫星是泰坦星,"紫罗兰说,"可以说我们在守卫它的财富。"杰克听到艾绿和青蓝在前面窃笑。

泰坦?杰克曾经在学校听说过这颗卫星。地球上没人知道它厚厚的大气下面是什么,但是他猜他们很快就知道了。他紧张得深深吸了口气。

"现在,确认你们的安全带系紧了,"

紫罗兰下令,"这将会是一次快速而颠簸的飞行。"

杰克看看他的朋友们。米莉已经把头紧紧靠在了她座位的靠背上。罗里看起来已经憋气憋到要爆炸了。天天的安全带绑得紧到好像要弄断自己。太空车迅速提速,因受力而左右摇摆。

很快,他们到达了泰坦的大气层。这里的云层浓厚而稠密。杰克凝望着车前面的屏幕,他什么也看不到,就像处在橘色的雾中。但随着他们继续往前开,视线逐渐变得清楚,杰克看到了卫星表面上像巨大的玻璃穹顶一样的东西。它是用三角形的厚玻璃块做的,他们正在飞速地靠近它。

红玉拿出一个遥控器按了一下。一个大三角块打开,车飞了过去。他们现在到了穹顶里面,车子被一团金色的烟雾笼罩着。他们更靠近地面了,杰克觉得泰坦看起来很像地球,只是它闪着光,好像全是用金子做的。

杰克、米莉和天天看着彼此。罗里茫然地瞪着眼,像颗冰冻粒子。车周围的空气充满微尘,闪着金光和银光,看起来很魔幻,但是杰克却充满恐惧。

当太空车在泰坦地表着陆的时候所有人都屏息凝视。大块的地面被切开,土地看起来光秃秃的没有生气——到处是灰尘和泥土以及张大的洞口。

当他们更靠近地表的时候,杰克看到他们正向一个矿坑飞去。到处都是大挖掘机和起重机。穿着工装、戴着安全头盔的人跑来跑去或操控着设备。艾绿操纵车子停下,太空车沿着跑道滑行着。

"这是什么地方?"米莉喘着气问。

"我们探索土星的时候非常偶然地发现了这个卫星,"紫罗兰解释道,"周围有这么多卫星,我们能找到这颗非常幸运。它表面平淡无奇,但地表之下的它却有着你难以想象的巨大的宝藏。"

"你们在开采这个地方获得宝藏?"天天问,她睁大眼睛。

紫罗兰点点头,实际上她看起来很为自己骄傲:"我们再也不用游走太阳系偷取财宝了。它们全在这儿,等着我们。"

"我就知道!你们是海盗!"罗里生气地说。

"不过,当然,"紫罗兰回答,"我们之前不能让你们知道,直到确保我们安全地离开太空舰。"

"对,"红玉接着说,"我们必须等到亨利完全在我们控制之中,还得保证你们没有机会逃跑。"

"但是……这些工人都是从哪儿来的?"杰克问,他感到自己的胃在下沉。

"他们是土星上的人,"红玉解释道,"好处是,泰坦很像地球,所以他们在这很适应。当然,是在穹顶建好之后。"

"现在,有四个新工人加入我们的队伍了。"紫罗兰说,"很幸运你们的神秘飞行意外地把你们送到了我们这儿。你们会非常得力的。特别是还有电子人的帮助。"

她甜甜的笑容完全被之前杰克瞥到的阴暗的面容取代了。

"欢迎来到你们的新家。"红玉大笑。

杰克、罗里、天天和米莉被赶出太空车,走过沥青路面,向矿场走去。亨利跟在他们后面,与艾绿和青蓝像老朋友般交谈着。

杰克不由得发抖。他们现在处在海盗的控制下,一旦他们被留下当矿工,就没有办法再离开这颗卫星了。还有土星上的人,必须想办法拯救他们,但亨利肯定帮不上忙了。杰克不敢相信他这么轻易就转到了海盗阵营,尤其是当现在杰克和朋友们就要被送去矿场做苦力时——也许他们下半辈子都要这样度过了。

他越想越生气。他知道亨利有点不一样,但他一直觉得他们是朋友。杰克紧锁双眉往前跋涉,甚至无暇关心有多艰难的工作等着他们。

"我们到了。"紫罗兰在矿场前停住了,"艾绿会给你们发一套工作服和安全头盔。然后他会把你们分配给你们的工头。哦,我们会留一会儿,直到确定你们开始正式工作。"她指了指一座矿山顶上高高的狭窄的塔,然后向它走去,红玉和青蓝跟在后面。

天天转向艾绿。"你们做这种事,别想逍遥法外。"她严厉地说。

"真的吗?"艾绿大笑,"我觉得目前为止我们很逍遥。我们拥有足够的奴隶,他们都很听话,因为他们没法离开泰坦,除非我们带他们走。"

杰克看得出海盗拥有完美计划。他们没有逃跑的可能,也无法告知别人他们在哪儿。没有人可以离开一颗没有太空车的卫星。

他们跟着艾绿来到一个小房间里,这里放满了制服、头盔和沉重的靴子。亨利也被发了一套制服,看起来和他们的一样,不过他还多一件黑色夹克。既然现在他也要被留在这儿了,杰克想知道亨利对他的新海盗朋友有什么想法。

穿上制服后,艾绿带他们来到劳动区域。

杰克往下盯着一个张大的洞口，看到里面奶油色的岩石中闪烁着金子的光芒。

"你们将在金矿里工作，"艾绿说，"我现在就把你们留给你们的工头了。"

杰克皱着眉头，环顾四周，但是那儿没有别人。

"我没见到我们的工头。"杰克说。

"他就在这儿，"他指着亨利说，"跟你们的新老板打个招呼。"

杰克和他的朋友们震惊地盯着电子人，艾绿轻笑起来。亨利半笑不笑地对他们挥手。他看起来几乎有点歉意。

"你在开玩笑？"罗里尖叫道，"我不接受他的命令！"

"随你便，"艾绿说，"但是你要么听亨利的，要么被我从这颗卫星上抛出去。我们也许

和你们听说过的海盗不太一样,不过我们还是会'走跳板'(译注:海盗船上的一种惩罚方式)的——太空里的'走跳板'。"

艾绿对自己的笑话大笑不止。没有其他人跟着笑——甚至连亨利也没有。

"我们给你们的电子人朋友装了一个极好的程序,"艾绿解释道,还在烦人地咯咯笑着,"这是目前为止我们缴获的最好的宝贝。"

当艾绿走回瞭望塔去找紫罗兰和其他人的时候,罗里第一个转向亨利。

"你这个叛徒!"他喊道。

"不是他的错,罗里,"天天说,"那些可恶的海盗给他更改了程序。"

"我就知道电子人不能信,"罗里咆哮着回答,盯着亨利,"现在证明我没错。"

"不管他们做了什么，我们在这儿吵架是想不出解决办法的。"米莉说。

"没有办法离开这儿。你听到他们说的了。"罗里喊道。

"总有条出去的路，"杰克轻声说，不让亨利听见，"但是现在我们最好先按他们说的做，听亨利的命令。我不想被'走跳板'。"杰克指指瞭望塔。

"他说得对。"天天说。

"注意！"亨利厉声说，"工作时间到了！"

在矿场，杰克连续数小时地凿着岩石，直到手臂都痛了，汗从他脸上滑下来。他绞尽脑汁想逃跑，但当他这么累的时候很难想出办法。他时不时地瞥一眼瞭望塔。他看不见海盗们，他们高高在上，但是他可以想象当他

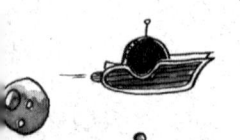

们的奴隶把宝藏拖出地面的时候，他们大笑的样子。

亨利给他们演示如何循着岩石里的金线把贵金属刨出泥土。对于一个从来没见过矿的人来说，他已然了解得够多了。电脑程序真是了不起。

没多久，他们就把一辆推车装满了金块。他们四个把车拖上地表，沿着地面把它推向瞭望塔。这是个多么神奇的卫星啊，杰克疲惫地想，但是它却被坏人强占了。这让他觉得悲哀。

"在海盗发现这里之前，这儿一定是个美丽的地方。"天天好像听见了杰克的想法一样。

而现在，没有办法能逃离这里。

当他们推车走向瞭望塔的时候，工作区域

响起了铃声,所有工人停下工作,前往一个大棚一样的建筑。

"你们觉得他们要去哪儿?"米莉问道。

"要我说,今天的工作结束了。"罗里说着,看看自己的手表。

"你觉得所有人都住在那里吗?"米莉说,指着那个大棚。

"应该是。"天天回答,"我想知道我们现在该怎么做,亨利?"

但亨利只是耸耸肩。显然这个信息不是他程序的一部分。正当他们在想是否离开推车,和大家一起去的时候,紫罗兰从塔上下来了,出现在他们面前。她看看推车。

"就第一天而言,不算太坏。"她摩擦着双手说,"把它们装进车里,然后你们这一天就结束了。"她指着他们来时坐的那辆车。

几个伙伴静静盯着她,没有动。

"你们要学会按我们说的去做,否则你们永远也没有机会回家。"她微笑着说。

到了车旁,杰克是第一个往车后装金块的人。他怀疑一旦到了这儿,还有没有人能回家,不过在他们能想出任何计划之前,必须按海盗们说的做。他记得那个仆人的纸条。这种情况下怎么帮他,还有其他人。亨利被重设了程序,没有逃跑的方法,看起来这将是第一个被搞砸的CIA任务。

9

他们给太空车装好金块后,艾绿说他们将离开泰坦回太空舰一个礼拜。他给亨利留下指示,然后跟着其他海盗回到了装满财宝的太空车上。杰克绝望地看着他们滑过跑道,消失了。

"我们现在该做什么?"米莉用发抖的声

音问。

天天搂住米莉安慰地:"我们先照着他们的要求做,直到我们想出该怎么办。"她说完,试图挤出一个微笑。

他们四个走向那个大棚,不理会跟在身后的亨利。当他们到达那里,工人还在排队等着进去,门外有一条长长的队伍。他们排到队尾,甚至不知道那队伍是做什么的。杰克决定问问排在他们前面的人。

"打扰一下。"杰克拍拍男人的肩膀说。

男人转过身来。他看起来很疲惫,杰克为他感到难过。杰克意识到这个男人被困在泰坦上很久了。

"对不起,"杰克说,"我们是新来的……"

"我看出来了,"男人说,"崭新的制服和闪

亮的靴子。"他半笑地看着杰克,"我是保罗。我猜你想知道这儿怎么运转?"

杰克点点头。他们介绍了自己,然后挤在一起听他说。

"这个地方是集体宿舍。这是我们吃饭、睡觉和洗澡的地方。"保罗指着大棚解释,"这个队伍是在等晚饭。这是头等大事。"他使了个眼色。

杰克很高兴有人对他们这么友好。现在在这个奇怪的星球上他不觉得那么孤独了。

"你在这里多久了?"天天问。

"哦,很难记录时间,"他说,"但是我想,大约5年了。"

"5年!"米莉惊叫。

"我知道很难想象在这样的地方生活这么长时间,"保罗接着说,工人的队伍缓慢地向

前移动,"不过你得慢慢习惯。我确实想念我在太空舰上的老家。在海盗占领那儿之前,那是个简朴但是很棒的地方。"

"他们从哪儿来?"罗里问。

"我只能说,他们没有家乡,"保罗回答,"永远游荡在太阳系,偷他们能偷到的所有东西。"

"既然他们已经是小偷了,为什么还要开采泰坦获取更多宝藏?"天天皱着眉头问。

"海盗们说他们想在某处定下来,不想再追着人们抢珠宝了。"保罗解释,"当他们发现泰坦上的这些矿藏时,他们高兴疯了,说他们永远也不用工作了。"

"所以他们又懒又贪。"杰克说着,做了个鬼脸。

他们来到食品柜台前。保罗探身向前抓起一个碗,装上了绿得像地球上的草坪一样的

浓汤。杰克对着恶心的食物皱起了眉头。

"好运,孩子们。"他说。

保罗向一张桌子走去。大部分桌边都坐满了人,他们喝着汤,疲惫地互相交谈着。

"快点,动作快点!"队伍的后面有人喊。

杰克快速装满他的碗。不是所有人都像保罗那么友好。

晚餐后,杰克和朋友们来到集体宿舍。有很多单人床排成排。七拐八拐地穿过一些通道后,他们在房间的一头找到了四张空床。罗里选了一张,把自己的靴子扔到床下。女孩们把靴子整齐地摆在床尾。天天把她的毯子的顶部往下折成了一个三角形。杰克猛地倒在自己的床上,弹簧在他的重量下吱吱作响。

"看起来这儿只有四张床了。"亨利说。

"没错,"罗里说,"它们都被占了。"

亨利皱起眉头,慢慢地走开了。杰克有点为他感到难过。

熄灯了。

"哇哦,5年,"米莉小声说,"我都不能想象我再多熬一分钟。"

"肯定有离开这里的办法,"天天温柔地说,"我们只需要把它找出来。"

罗里不屑地说:"我想不出任何离开的办法。如果这些成年人都没有能找出办法,我们怎么可能?"

"我不知道。"杰克承认。

"我们甚至失去了亨利的帮助,现在他为海盗们工作了。"天天补充。

"我想我们需要好好睡一觉,也许早上思维会更清晰。"杰克建议。

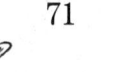

"他说得对。"米莉说。

"嘘!"有人轻声示意他们。

杰克不知道睡觉是不是真的有帮助,但是今晚他们也没有更多可说的了。他拉上他的薄毯子,努力入睡。

在他迷迷糊糊快睡着的时候,杰克觉得有人拍了拍他的肩膀。他翻了翻身,试图再睡过去,但是那人拍得更重了,并把他推醒。他睁开眼睛,在黑暗中,他大概能看出那是亨利的身形。他不知道为什么这个电子人要弄醒他,但是他现在并不想见到他。他知道他得睡觉,明天还要挖一整天岩石。他在矿场的头几个小时已经非常累了。

"走开。"他轻声说。

但亨利没有走。这次他抓住杰克的毯子,

把它扯了下来。当杰克试图把它拉回去的时候，却拉不动。亨利坚决地抓着它。

"起来！"他用气声说，"小点声。"

杰克没有选择，只能跟着他。他们蹑手蹑脚走进宿舍顶头的卫生间。亨利关上门，打开水龙头，让水哗哗流。

"你在做什么？"杰克睡眼惺忪地说，"我明天还得干活。"

"听着！我们必须快点。海盗们认为他们已经重设了我的程序，但是CIA给我植入过备份程序，能覆盖所有接入我控制面板的东西。机器人运动会之后，他们想确保除了CIA之外没有别人能改动我的程序。"

"所以你不是真的跟海盗们一伙？"杰克问，不太确定是不是该相信他。

"不，当然没有。电子人不会在乎漂亮衣服

和珠宝，"亨利说，"但是我必须让他们相信他们已经重设了我，否则他们会猜到。"

"猜到什么？"杰克问。

"猜到我是CIA特工。我见到太空舰的那一刻，发现他们窜改了我们的系统，就知道是海盗占领了那儿。"

"但是我们没有听你的，现在我们被困在这儿了。"杰克说，现在所有事都清楚了。"你为什么不早点告诉我们？我们可以在离开太空舰之前想办法逃跑！"

"海盗们给我安了个'小虫'。"亨利解释。

"呃呃，怪不得你不喜欢海盗，"杰克说，很惊讶，"如果有人把太空虫放到我身上我也不会喜欢。"

"不是太空虫！虫——一种窃听装置。"亨利快速地说，"这样他们可以监听到所有东

西。但是被我发现了,我可以开关它。尽管如此,我不能让它关太久,否则他们会察觉到不对劲。"

"那我们要怎么做?"杰克问。

"我们得让所有人离开泰坦,"亨利说,"这就是任务。"

"真是好主意,"杰克抱怨,"你不能联系CIA吗?他们可以在一天内救走所有人。"

"我不能。这个穹顶的玻璃太厚了,而且使用了特殊材质,求救信号穿不过去。"亨利解释,"我们需要自己完成任务。"

"那么我们到底怎么完成?"

"我相信你可以想出办法来的。"亨利微笑道。

10

杰克和朋友们像其他矿工一样在矿场拼命干活。但是自始自终杰克都在努力想着从泰坦星上解救所有人的办法。但他想破脑袋也没想出什么来。没有太空车,他们不可能离开卫星。

那天早饭前,杰克快速向大家解释了亨利

在假装被重设程序的事。天天和米莉放心下来，甚至罗里也不得不承认他们错怪亨利了。

亨利一整天都保持着他的表演，站在矿顶上对他们发号施令。不过他还是离开了矿坑几次，好让他们几个秘密交谈，而不让窃听器把他们的谈话发送给海盗们。

在漫长而疲惫的一天结束前，他们四人围坐在桌旁吃晚餐。杰克拿叉子在盘子里扒拉着食物。即便在一天的辛苦工作之后他非常饿，但他还是不想吃。连天天也没有想出逃跑的办法。

"不公平，"罗里抱怨道，"海盗们在太空舰上享受生活，我们却被困在这儿工作，吃着烂泥一样的食物。"

"那些海盗们太贪婪了。"米莉生气地说。

"他们永远也用不完他们已经拥有的财

富,却还想得到更多。"天天同意。

杰克忽然抬起眼睛说:"再说一遍,天天。"

"他们还想得到更多。"天天疑惑地说。

"就是那个!"杰克喊道,在嘈杂的餐厅里用他敢用的最大音量说,"那就是我们离开泰坦的办法。"

"你在说什么?"罗里坐直了问。

"他们的贪婪,"杰克说,"可以利用他们的贪婪。"

那一晚杰克大部分时间都在思考他的计划。其他人也同意试一试,但是在海盗们回来前得把所有事情准备好。没有多少时间了。

第二天亨利爬进了矿坑,假装监督他们的挖矿工作。当杰克解释他的主意的时候,他关

掉了窃听器。

"是个极好的计划，"亨利点点头，"现在必须说服这里所有的人配合你，我们不想让任何人被留下。"

这是最难的部分，一开始进行得并不顺利。泰坦上的人都不相信这几个小孩子们可以帮他们重获自由，结束他们的奴隶生活。他们不是直接嘲笑他们，就是奉劝他们在被海盗们发现之前赶快回去干活。有些工人对他们友好些，告诉他们没有希望，只能老老实实地在泰坦上度过余生。其他人则很恼怒，觉得他们是一群影响了他们工作，而且痴心妄想的蠢小孩。

晚上，小伙伴们都坐在矿场边，咀嚼着没味的面包片。所有的新鲜食物都吃完了，得等到海盗们回来的时候再带来一些。他们筋疲力尽而且备受打击。其他工人们现在已经不和他们说话了,杰克觉得非常孤独。他看着空气中飘浮着的金子粉末和灰尘的碎屑,实际上那看起来很炫。他只希望自己没被困在这儿。他想起了家里的爸爸妈妈,感觉更不好了。

"也许我们应该先解救咱们自己,让工人们留在这儿,"罗里建议,"晚些CIA可以想出办法来解救他们。"

"我们不能那么做!"米莉反对,"那是不对的。"

天天坚定地说:"我们必须一次让所有人都离开这儿,否则我们不能把海盗们关在这儿。"

最后还是杰克想出了主意。"我们得让所有人看到计划将如何起作用。如果他们可以亲眼看到,就会相信我们。"

"我们不可能让所有人停下工作。"罗里说着,耸耸肩。

"我们去找一开始遇到的那个工人怎么样?保罗。"天天提议,"如果他看到了我们在做的事情,也许可以说服其他人也试试。"

"我们刚到这儿的时候,他对我们很好。"米莉说。

他们都同意。这是他们最后机会了。

海盗们应该就快回来了,杰克和朋友们比以往更努力地实施着他们的计划。他们用从地下拉上来的金子,在矿场的岩石间弄出个假的金子缝。完工的时候,一堆金子半埋着,看起来好像还有很多埋在地下。当他们在海盗们要回来的那天给保罗看假的金缝的时候,他轻声笑了,拍了拍杰克的背。

"这可能真的是我们离开泰坦卫星的办法。无论如何都值得试试。把其他工人的事交给我。"他露齿一笑,走的时候和杰克握了握手。

只过了一分钟,杰克看到海盗们的太空车进入了大气层,回来拉新的一批财富。他做了个深呼吸。下一步就看亨利和他的演技了。

四个海盗走出太空车的那一刻,亨利跑向了他们。

"紫罗兰!紫罗兰!"他喊道,在空中挥舞着自己的手臂。

"嗯?"紫罗兰慢条斯理地说,看起来有点怀疑。

"我有些好消息。"亨利说。

紫罗兰嘴角上扬成了一个微笑。"继续说。"她说。

"我监管的工人发现了一个最大的金矿。"

"真的?"紫罗兰的眼睛眯了起来。

"来!我带你去看。"

亨利转向杰克和他的朋友们,换上了一张非常坏脾气的脸:"快点,带我们去你们发现金矿的地方。"他厉声说道。

如果杰克不是知道了亨利是假装的,他还是会相信他是站在海盗一边的。电子人命令他们带路。海盗们跟在后面。当杰克指着假金矿的时候,海盗们的眼睛贪婪地睁大了。杰克几乎可以看到金子在他们眼中反射出的光。

"很好,"紫罗兰说,"亨利,让你的团队把它从地里弄出来,回到太空舰后我会好好奖赏你的。"

"我就知道电子人会比一个普通人类工人做得好。"艾绿摩擦着双手说。

"只有一个问题。"亨利说。

紫罗兰的眉毛拧到了一起:"哦?"

"我们需要一个很大的太空飞船才能把这么多金子运回太空舰去。"

紫罗兰大笑起来,可恶的笑声回荡在矿场里。

"没问题。我们将用你们那个巨大的'银河探险者号5000',那足够装下这些金子了。"当她转向杰克和他的朋友们的时候,她的笑容消失了,"我们三天后回来。到时候把金子准备好。"

"我已经给我的小组下达了指令。"亨利说。

"好的,当然,"紫罗兰冷笑,"你将和我们一起回去,亨利。用'银河探险者号5000'来拉宝藏这件事,我们信不过其他工人。"

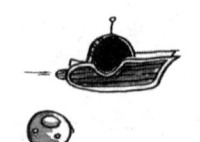

"当然。"亨利说,"不过你们还需要派些人和我一起把它开回来。它太大了,需要至少两个驾驶员。"

"我会派一个仆人和你一起开回来。"紫罗兰说。

在回太空船的路上,亨利和海盗们一起咯咯笑着。杰克放下心来,他们成功骗到了海盗们。现在他们的计划只剩最后一步了。

他们看着海盗们的车飞过穹顶的入口,然后走回矿场。工人们停下挖掘,在矿场中央聚成了一个圈。他们都盯着杰克、天天、米莉和罗里。杰克从来没觉得这么紧张过。他希望他们已经同意了那个计划。

当他们走得更近一些,看到保罗站在人群前面。他开始鼓掌,然后另一个工人和他一起,然后又一个,直到所有工人拍着手开始呼喊:"自由!自由!"杰克看向天天。她正偷偷抹掉眼泪。看起来他们有希望逃离这个地方,而且解救所有人。

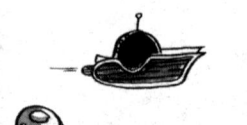

接下来的两天，人人都努力搜集着推车和装进推车的杂物。同时，杰克和他的小伙伴们努力开采了一些真正的金子。接下来，他们在推车底部钻出了呼吸孔。第三天早上，在海盗们将要回来的时候，工人们挤进了大推车里。杰克和他的小伙伴们铲了一些杂物盖住他们,然后在杂物上面盖上了一层金子。看起来推车里装着满满的全是金子。他们把推车并排停在瞭望塔的底座上。

那天上午晚些时候,海盗们回来了,亨利驾驶着新的船飞在他们后面。当紫罗兰走出太空车看到满满的推车时,她的眼睛燃烧着贪婪的光芒。

"好啊,你们这些小人很忙呢!"她说。

杰克和他的朋友们站在推车旁。他们已经往脸上抹了灰,这样看起来就像他们一直在忙着开采金子。

"但是其他的工人都去哪儿了?"艾绿皱着眉头问。

"挖这么多金子,他们必须得……得帮我们。"杰克结巴了。

"是的,他们正在休息,在大棚里。"天天

补充说。

"很好，"紫罗兰说，她仍然贪婪地盯着金子，"把推车装到'银河探险者号5000'上去。"

杰克点点头，他们四个就推着沉重的推车往停车场去了。罗里落在其他人后面。

"快点，"亨利喊道，"'万事通'先生，动作快点。"

罗里怒目而视。杰克憋着笑。

终于，他们把最后一辆推车也装到了"银河探险者号5000"的后面。工人们已经安全藏到了车上。

杰克绕车走到紫罗兰身旁："所有的推车现在都装上了。"杰克告诉她。

所有事都按计划进行着。还剩一件事要做。

"等等！"亨利说着从杰克后面跑上

前来。

"什么?"紫罗兰厉声说。杰克看到她那么急切地想要把金子运回太空舰,以至于看不到其他任何事了。

"还有一样东西我想给你看。要到塔上看。"他说。

"是什么?"

"那是我发现的另外一些东西,"亨利说,"我之前不确定,不过我的队员刚刚确认了,那里有更多宝藏。但是在矿场的另一边,所以你得到高处去看。"

紫罗兰面带怒气。"最好是真的。"她抱怨着,跟着亨利去了。红玉、青蓝和艾绿似乎没被说服。

"绝对比金子还好!"亨利补充道。

这句话让他们动了心,急切地跟着亨利上

塔去了。

海盗们一进到塔里,杰克、天天、米莉和罗里就赶到"银河探险者号5000"上,爬进了机舱。他们看到坐在驾驶员座位上的人的时候吃了一惊。

"怎么是你……"罗里结巴道。杰克看向座位,那是在太空舰上给杰克递纸条的仆人。这次他的头不再低着,而是骄傲地抬起来。

"你们好!"他说着站了起来,"亨利告诉海盗们说他需要一个驾驶员把'银河探险者号5000'开出这儿。顺便一提,我是'烈性子'。"

"烈性子?"罗里说。

"是我比赛用的名字,"烈性子回答,"几年前在高手太空赛中我飞离了航线,误飞到了紫罗兰的舰上。我曾经被他们困在这儿,现在是我给他们点颜色瞧瞧的时候了。"他学了声汽笛叫。

"听起来很好,"杰克微笑着说,"一旦你把海盗们的车从泰坦开走,他们就没法离开了——他们会永远被关在这里!"

五个人快速地挖出杂物和金块,帮工人们从小推车里出来。他们一个接一个地爬出来,抖掉身上的杂物和金粉,看起来像一个个石雕。杰克大笑。在他们脏兮兮的脸上,他看到他们微笑时露出的白牙。他们沾着灰的睫毛下的眼睛很亮。杰克从来没对自己做的事感觉这么好过。

现在他们要做的所有事就是等亨利回来。杰克觉得自己的心像敲鼓一样,要从胸腔里跳出来了。如果计划的最后一部分没有实现,他们就全都会被抓住,然后被迫"走跳板"到

太空里去,永远地消失。

终于,亨利出现在机舱里。"准备好了吗?"他说。

"你把他们锁在里面了?"杰克问。

"是的,当他们忙着找宝藏在哪儿的时候,我从塔里跑了出来。那些愚蠢的海盗们还相信我和他们一伙,直到我砰地关上了门,他们才发现我把他们锁在塔里了。"他说完哈哈大笑起来。

计划生效了。是时候离开泰坦,开始美好生活,把海盗们永远关在这儿了。

"我准备好起飞了,"烈性子说,"尝尝我的厉害,海盗们!"他跳出船舱,奔向海盗们的太空船。

天天坐到"银河探险者号5000"后导航

位置上。

"我猜你知道怎么改掉自动驾驶了?"她对亨利说。

"当然。那根本不难操作。"亨利回答,咧嘴一笑。

她打开后视屏幕,放大他们后面的海盗的车。米莉负责控制台,罗里坐在飞行员的座位上。亨利坐到副驾驶的座位上,准备遥控打开穹顶上的入口。杰克在投影屏幕前坐下,系上安全带。他的手抖得像他们在金星空中酒店里的那个果冻池一样,扣了好几次安全带才扣上。终于,他们都准备好出发了。

"启动引擎,米莉。"杰克说。

她发动了车,罗里准备起飞。杰克转向坐在货舱处的工人们。

"准备好离开这个地方了吗?"他问道。

土星人民欢呼起来。

罗里拉到驾驶挡,"我们出发!"他喊道。

他们刚起飞,天天就大喊起来。

"怎么了?"杰克喊道。

"是海盗们!"她盯着后视屏幕惊叫起来。

杰克不用看就知道事情不好了。真的不好了。他扭头看后视屏幕,海盗们已经破塔而出,正在跑向烈性子驾驶的太空车。车向前移动了,但是不够快。海盗们趁机跳上了车。

"停车。我们得回去!"天天喊。

"不!"亨利说,"如果那样做,海盗们会抓住我们的。我们唯一的机会是先穿过穹顶,在他们到达穹顶前关上入口。"

"但是海盗们会用他们的遥控器打开它。"罗里说。

"我已经想到了，"亨利从裤兜里掏出了一个遥控器，咧嘴笑道，"我从他们的车上拿来了这个以防万一。没有它，他们打不开穹顶。"

"你忘了一件事。"杰克说。

"什么事？"亨利说。

"烈性子！"四个小伙伴异口同声说道。

亨利的微笑消失了。"哦！看来你们是对的。我没想到他。"

天天倒吸了口气："他们把他从车上扔了下去！"

他们看到烈性子翻滚在满是尘土的地面上。海盗们的车开始加速飞向穹顶。

"我们不能把他留在这儿。"米莉坚定地说。

杰克转身，看向工人们。他们都在点头，

没有人想把任何一个朋友落在这里。

"你说得对,"杰克同意,"调头,罗里。我们得试着救他。"

CIA 12 特工实习生

罗里娴熟地调转车头,连亨利都对他的进步点头认可。杰克担心他们现在可能永远也逃不出海盗的手心了,但是他知道他们必须救烈性子。靠近烈性子时,他给罗里导航。

"哦不!海盗们也调头了,"天天喊道,"他们在跟着我们。"

"他们肯定发现亨利拿走了遥控器。"杰克说。

"是的,他们知道没有遥控器他们打不开穹顶。"亨利接话。

"你是说他们跟在我们后面?"米莉害怕地问道。

"没错!"

"他们要追上来了,"天天喊道,"快,罗里!"

他们在地表滑行了一段,然后停下,接上了脏兮兮的发着抖的烈性子。

"你们不应该救我,这太危险了。"当杰克把他拉上车时,烈性子喘着气说,"不过既然你们这么做了,最好让我试试甩掉那帮海盗们。"罗里马上挪到一边,烈性子一步跨过去坐到了驾驶员的座位上。"顺便说一句,刚才开得非常漂亮。"他对罗里说。罗里看起来很骄傲。

杰克不确定现在能不能甩掉海盗们，不过烈性子的技术让他们震惊了。不仅在于他一流的飞行技术，他还有能力让他们的团队合作得比以前更默契。他只用了几个词就指挥米莉加到最大速度，并给杰克指出了到穹顶入口的最短路径，罗里在副驾驶座上帮着控制车。亨利随时准备按下遥控器，天天盯着后面的情况。海盗们仍紧咬在后面。

"海盗们离咱们太近了，"天天喊道，"如果我们不再加点速度，他们就会在我们关闭入口之前穿过去。"

"我们必须更快，米莉。"烈性子下令。

米莉点点头，把增压机设定到了最大速度。

"距离拉开了,"天天紧张地说道,"不过我们还是得再快一些。"

"亨利,20秒后打开穹顶。"

亨利点头。罗里专业地调整着方向,直到他们对准了入口。亨利把遥控器指向它。

"我们来了!"烈性子宣布,"坐稳了。"

杰克觉得车子飞得如此之快,他们像是饮料里被吸管吸上去的的果粒。向穹顶加速的时候,连烈性子也出汗了。

"我需要你们所有人的帮助。"他喊道。

天天和杰克马上行动起来,天天专注地监视着海盗们的车,杰克准确定位好让他们最快通过入口。米莉管控车速,罗里调整着罗盘帮助烈性子稳住方向。亨利专注在穹顶上,手里准备着遥控器。

"我们快到了。准备好了吗,亨利?"杰

克问。

亨利点头。

"我一给信号,你就打开穹顶。"杰克说。

"最好快点,"天天说,"海盗们打开了助推器,又咬上咱们的尾巴了。他们想紧跟在咱们后面溜出去。"

杰克快速瞥了一眼工人们。他们聚在角落,看起来十分紧张。保罗坐在前面,咬着自己的指甲。有些人坐立不安,有些人坐得纹丝不动看起来就像石块。杰克努力向他们笑了一下,让他们安心。他再次看向屏幕,海盗们现在靠得更近了。

"我们做不到了……"罗里喊道。

"他们还有多少时间追上我们?"烈性子问道。

"大约10秒钟,"天天叫道,"9、8……"

"我们到了！打开入口！"杰克喊道。

亨利按下按钮，穹顶门开了。

"4……"天天数着。

太空车飞过入口。

"2……关上！"天天喊。

亨利按下按钮，入口的门啪嗒关上了。海盗们急刹车避开穹顶，然后调头向着泰坦地表而去，消失了……

"成功了！"天天喊道。

"我们做到了！"杰克尖叫，"我们真的做到了！"

他们向太空舰飞去，终于自由了。获得自由的土星人簇拥在"银河探险者号5000"外面，一遍又一遍地感谢他们。保罗是最后一个离开的。他走向杰克。

"我不知道怎么感谢你们。"他有些结巴了。

"感谢你劝说大家加入了我们的计划。"杰克微笑道。然后保罗跟上其他人,追上了他的朋友,搂着他们的肩膀,走向他们的家园。

当杰克和朋友们最后从"银河探险者号5000"爬出来的时候,机棚看上去空荡荡的。他们看到有两个人站在远处水晶大门等待着他们——是布里和威尔。杰克和他的朋友们走向他们。

"干得好!"布里说,"我就知道你们可以拯救土星上的人。"

"如果没有烈性子,我们是做不到的,"杰克说,"是他带我们穿过了穹顶。"

烈性子咧嘴笑了,几乎有点害羞:"谢谢,孩子们!"他说,"任何时候我都愿意做你们

的驾驶员。"

"海盗们会怎么样?"米莉问。

"我想他们会非常高兴在一个全是宝藏的卫星上度过余生。"威尔说,"你们觉得呢?"

大家都笑了。

"所以太空舰上的宝藏怎么办?"罗里问。

威尔挠挠自己的下巴:"我想我们会比贪心的海盗们更好地利用它们。但是首先,我们有一些特别的东西给你们,"他说,"布里,你愿意来授此殊荣吗?"

杰克想知道那会是什么,另一个秘密任务?他好奇地看着布里摸进公文包,拿出四枚徽章。她俯下身,把其中一枚别到杰克脏兮兮的矿工服上,然后也给天天、米莉和罗里各别了一枚。杰克读着徽章上的字:CIA特工实习生。哇哦！这听起来棒极了。

"谢谢！"他说。

"不客气，"布里说，"不是每天都有被绑架的人要被解救。"

"第一个CIA训练学期下周开始。"威尔补充。

"真的？"杰克说，"我们要接受真正的CIA训练了？"

"是的，真正的训练，"布里大笑，"我想你们已经准备好了。"

"太期待啦！"米莉说。

"我们能用太空手铐吗？"罗里问。

"罗里！"天天打断他的话，"我们需要读什么训练材料吗？"

"不用，"威尔露齿笑着，"你们只要休息好，养好身体，一周后亨利会来接你们去CIA

总部。"

"你不用再戴着这顶皇冠了,现在你是——让我看看——一个高级特工。"布里微笑着把另一枚徽章别在亨利的衬衫上。杰克从来没有在亨利脸上看到这么灿烂的笑容。连罗里也笑着拍了拍亨利的背。

"好了,你该送他们回家了,亨利。"威尔说。

"也许这次我们不该再用自动驾驶模式了,亨利。"杰克说。

"啊对,亨利可以在你们回家的路上给你们解释。"威尔嘀咕。

"是你设置了到土星的路线!"罗里喊道。

"说得对。"亨利说。

罗里过去抓住亨利的胳膊,不过电子人阻止了他:"但我不知道太空舰已经被海盗们占领了。"他快速解释道。

"来吧,我们回家了。"米莉说。罗里深吸了口气,跟着其他人上了"银河探险者号5000"。

他们上车时,土星的人们纷纷从机棚的大门涌出来跟他们道别。看到每个人都满面笑容,这感觉好极了。他们一直挥着手,直到五个小伙伴爬进车里,坐到自己的位置上。

杰克关上舱门,打开了屏幕,准备回家了。他看着自己的CIA徽章笑了。虽然不知道未来在CIA有什么等待着他,但他迫不及待要去一探究竟了。

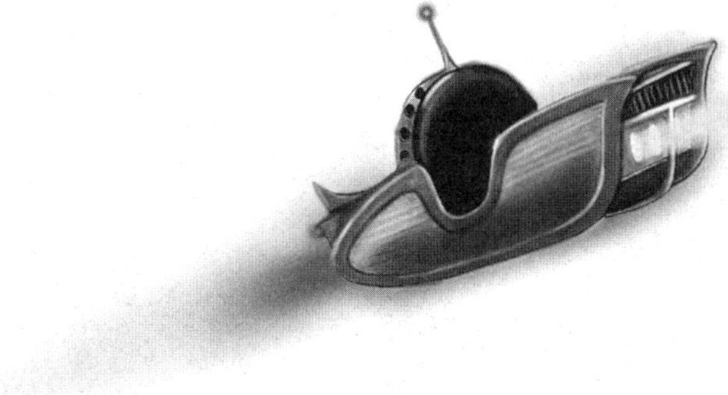